詩集 おーい老い

Chinzei Takanobu

鎮西貴信

土曜美術社出版販売

詩集　おーい　老い＊目次

第一部

第二部

詩集　おーい　老い

第一部

パンデミック流行語最多賞候補

新型コロナウイルス　ＣＯＶＩＤ19
ＰＣＲ検査　陰性・陽性・疑陽性
感染経路　集団感染　クラスター
感染症拡大　感染爆発　オーバーシュート
過去最多　過去最多更新

緊急事態宣言　ロックダウン
ＥＣＭＯ《エクモ》　アビガン
オミクロン株
医者不足　看護師不足　過重労働
病床逼迫　医療崩壊

ジョンズ・ホプキンス大学
東京アラート　三密[*1]　五小[*2]
ソーシャル・ディスタンス

感染予防　アベノマスク
フェイス・シールド　アクリル板

在宅勤務・テレワーク
リモート会議　リモート飲み会
オンライン授業　オンライン診療
ＧＯ　ＴＯ　キャンペーン
巣ごもり消費

新型コロナワクチン
ファイザー　モデルナ　アストラゼネカ
副反応　後遺症
追加接種　三回目　四回目
ワクチン接種証明書

オンライン・ショッピング
コロナ倒産　コロナ特需
コロナ便乗解雇

ポスト・コロナ　ウイズ・コロナ
ピンチをチャンスに

＊1　三密：密閉、密集、密接。
＊2　五小：小人数、小一時間、小声、小皿、小まめ。

廃墟

青空の下に黒とこげ茶色
アパート群に人影はない
爆撃の爪痕は静かすぎる

ひび割れた壁に濃淡の煤《すす》が這っている
歪んだ階段　むき出しの鉄筋
空しくはためくビニール袋
粉砕されたガラス　コンクリート
微かに日常をちらつかせながら
辺り一面に転がっている
隅に鋭利なガラスを残した窓枠
反射のない窓を突き抜けて
ビルの向こうに青空が見える

命を守るために棄てられた

生活の残骸が虚空を彷徨《さまよ》う
人を温かく包んでいた寝具が
必要最小限からはみ出して
部屋の奥にうすっぺらに積まれている
埃《ほこり》を被った水屋に並べられた食器類
二度と使われない調理器具　電気製品
冷たい床に張りついた布切れ
慌ただしく避難した形跡が粉塵《ふんじん》の下に

書棚に雑然と置かれた数冊の本と雑誌
詰め込まれた言葉は儚《はかな》く闇に消え去る
倒壊した家屋と爆風に飛ばされた家具
ひしゃげた乗用車と子供の遊具
熱風に緑を奪われた樹木と草花
人類の時間と英知に構築された財産が
刹那のうちに爆砕される
引き裂かれた調和と砕け散った整然
撃破され塗りつぶされた平安と安寧

多くの血を吸った大地が
静寂のなかに佇《たたず》んでいる
青い宇宙に抱かれながら

健康法

なにごともほどほどに
つづけることが秘訣《ひけつ》です
身体《からだ》を動かせば血流よくなります
片寄った運動　いけません
偏った食事　やめましょう
いろんな栄養素が必要です
摂《と》れば必ず効果があります

食習慣が命を守ります
塩分控えめ　糖質制限　脂質適度に
多種の食品　摂れば長生き　健康持続
肉と魚　野菜と果物
乳酸菌に発酵食品

煮たり焼いたり炒《いた》めたり

蒸したり干したり生のまま
味噌に昆布にイリコに鰹節《かつおぶし》
醤油もソースも酢も酒も
適度な使用で旨味《うまみ》が増します
腹八分の美味《おい》しさのために
身体と脳を使うことがたいせつです

カラフル野菜は人生のおかあさん
各種のお肉は生命のおとうさん
いろんな果物は命のおともだち

海と陸の植物と動物の肉は
交互に偏らずに
あれもこれも　それもどれも
多様な摂取が重要です
食物界に民主主義を
もとい　無政府主義を

運動習慣が健康を保ちます
ジョギングに早歩き
テレビ体操にラジオ体操
腕立て伏せや腹筋運動
頭の体操も必要です
コグニサイズがお勧めです
デュアルタスクが役立ちます

ストレス解消たいせつです
イライラ・プリプリや
ウツウツ・カッカッや
ムカムカ・ウジウジなど
焦燥・苦悩・煩悶《はんもん》・憤怒を吹っ飛ばし
ニコニコ・ルンルンを目指しましょう
悲哀や怨念には笑いのおクスリを
軽度のドキドキ・ハラハラＯＫです
感動の涙は免疫力高めます

なんといっても力が基本
身体と脳を鍛えましょう
たくさんの力をつけましょう
脚力・腕力・感知力
聴力・視力・嚥下《えんげ》力
記憶力と認知力　判断力と思考力
想像力と段取力　分析力に決断力
鈍感力もたいせつです
権力はさらっと適度に
どっぷり漬かってはいけません
振り回してはいけません

俗説には注意が必要です
効能は気持ち次第です
三つの言葉を吟味してください
「と言われている」
「諸説ある」
「個人差がある」

初めに戻ります
なにごともほどほどに
つづけることが秘訣です

希望のふうせん

あたまのなかのふうせんが
音を立てて破裂する

真夜中の突然の痙攣《けいれん》に
親は慌てふためく

焦点の定まらぬ目
蒼白《そうはく》な顔
引き攣《つ》る四肢

タオルを咬ませ
小児科医院に電話する
「酒がはいっていますが、
それでよかったらどうぞ」

無線タクシーを呼び　病院に向かう
子どもはぐったりしている
「ご心配ですね、おだいじに」
運転手がドアを開ける

医院からの帰り
医者の妻が運転する車のなかで
風邪による突発性の熱性痙攣に
取り乱した親たちの様子を聞きながら
親であることの喜びをかみしめている

やさしい医者夫妻のおかげで
新たなふうせんが
大きく膨らんで
舞い上がっていく

風

風が吹いている
少し強いが心地よい
何処《どこ》からやって来るのか
樹木を揺らしている

一方からしか吹いていないのに
木々は揺れている
人間に何かを伝えている
風は呼吸をしている

吸って吐いて吸って吐いて
木々は気持ちよさそうに左右に揺れる
ブランコ乗りのように
風に揺すられている

風が音を連れてくると怖い
ヒューヒュービュービュー
風が風邪をひいている
はげしく咳をしている

風が震えている
地上のものを揺らし
海の波や砂丘の風紋をつくる
地球が震えているのか

エキストラ

主役と脇役の周囲にエキストラ
居なければ成り立たない
居ても目立ってはいけない
場所を構成している人
状況に溶け込んでいる人
演技を捨てて参加する
主役を目立たせ輝かせる
想像を拒否するリアルの演出

店員　乗客　街の通行人
観客　聴衆　群衆　見物人
突撃する馬術部員の騎兵隊　足軽
オフィスでうろちょろ　会社の同僚
剣豪に斬《き》られる武士の後ろでどたばた
悪役の後ろで凄《すご》む子分やちんぴら

会議場のその他の要人
居酒屋・喫茶店の客
台詞のない演技者たち

カーットー！
みなさん　お疲れさま

待機時間八時間
出番十秒でも
一日分の給料は出ている

動揺

里の秋が冬になると
あの子と母親はどうしているのか
栗の実の代わりに
囲炉裏端で何を煮ているのか
お背戸には雪が積もっているか
ふたりの祈りが通じて
父さんは帰ってくるか
たくさんのお土産をもって
それとも……

駱駝《らくだ》に乗った王子さまとお姫さま
月夜の晩に黙々と
砂漠のなかをとぼとぼと
金と銀の甕《かめ》を結んだ紐《ひも》は
何時何処で解かれるのか

一夜明けたら灼熱《しゃくねつ》の砂漠
追放されたのなら
引き返して赦《ゆる》しを請うか
それとも……

赤い靴履いていた女の子
異人さんに連れられて
遠いところに行ってしまった
優しい人たちに囲まれて
たくさん泣いて笑ったか
おいしいもの食べて
綺麗《きれい》な服を着て
大きく元気に成長したか
それとも……

第二部

おーい　老い

昔話だけではない
大いに未来を語っている
成功と失敗の経験を発条《ばね》にして
五年後十年後　この世に存在しなくなる先まで

是とするものと非とするものと
可とするものと否とするものと
積み上げた思考のフィルターをとおして
自分の意見を確《しっか》り述べる

老いては子に従う
若い者に任せておけばよい？
あのね　そこの老人
人間の存在意義は何なのですか

頭の回転が鈍くなっても
記憶力が衰えても
足腰が弱くなっても
蓄えているものではまだ負けない

記憶の抽斗《ひきだし》に
詩という潤滑油を差して
何とか出し入れしている
おーい　置いてけぼりは御免だよ

老いの反省会

第二外国語でスペイン語を履修
アスタラビスタぐらいしかわからない
いつも自分から遠ざけていた
留年の第一要因だった
お情けで卒業させてもらった

何百万円失ったのだろう
大量出玉のわくわく感
それだけが目的ではなかった
真冬の凍える部屋と真夏の炎天
パチンコ屋は最高の別荘だった

何匹の兎を追ってきたことだろう
一匹も獲ることができなかった
そこそこの経験をしたので

良しとすべきかもしれない
時を戻そうなんて無理

なぜあの女《ひと》に告白しなかったのだろう
自信がなかったから
自分を砂糖漬けにしていたから
明日があるさと　何もしないで
風に望みを託していたから

そのうちきっとと思いつづけている
延長戦は止まらない
二十歳代で成功するのが理想
五十年遅れて何を今更だが
時は戻せるかもしれない

老いの図書館

今まで学んだことを追ってはいけない
新たなことを学び取りたい
学ぶに遅すぎることはないと
青雲の志は絶えないが
記憶に残るものは少ない
昨日学んだことを今日は忘れている
それでもしがみついている
学ぶこと自体が人間の生きざま
今日も線香花火
一時《いっとき》の充実した時間が過ぎていく

老いの運動

フレイルとサルコペニアが追いかけてくる
逃げろ逃げろ
ハアハアゼイゼイ
もう追いつかれているのか
全速力の走行なんて
できないわけじゃないが
十秒後には心臓が暴発

ジョギングに早歩き
勢いよく腕を振る
左右の片足浮かせて前後に揺らし
への上まで蹴り上げる
背筋を正して上下に屈伸
会話しながら手足を同時に動かす
百歳まで時間はたっぷり

老いの祭り

わっしょいわっしょい
神輿《みこし》を担いだ行列が近づく
間近に見ると気分が高揚
綺麗だね　すごいね　元気だね
神輿が通り過ぎていく

神輿の回りは勢いがあるが
通り過ぎると元気も消えていく
行列の後ろ姿は寂しい
神輿と掛け声が
だんだん小さくなっていく

何時も見物人だった
動かないで見ているだけ
祭りに参加しなければ

自分の神輿を自分で担ぐ
独り祭りをやることにする

神輿を担いで一人行列
祭りだ祭りだ
わっしょいわっしょい
動け楽しめ元気出せ
わっしょいわっしょい

自分の神輿は何だろう
詩がいいじゃないか
そうだよ　詩だよ
神輿のなかは詩の神様
わっしょいわっしょい

老いの青春

いい歳刻《こ》いて
人生とは何かを考える
世界のことを知りたい
正義を貫きたい
愛しい人に出合いたい
青春時代の希望

いい歳刻いて
美女にどきどき
祭りにうきうき
格闘技にわくわく
勝負ごとに惹きつけられる
青春時代の躍動

いい歳刻いて

この世の謎に興味津々
酒飲んで談笑・討論
日本の未来を語り合う
はるか宇宙に心が躍る
青春時代の気概

いい歳刻いて
語学の勉強に夢中
テレビとラジオを交互に利用
新単語・新熟語が頭に入らず
せっせと単語帳の作成
青春時代の学習

老いの夢

集会に出なければならないのに
まだ会場にたどり着けない
みんなイライラして待っているはず

この道でよかったのか
人気のない寺院の横の道を
前に進むしかなさそうだ

暗い道を急ぐと
目の前に現れたのは学校の裏門
門の先に運動場が広がっている

運動場に入り真ん中を突き進む
薄暗い校舎の中に入ると
廊下の先に明かりが見える

あの教室でみんなが待っている
教室の戸を開けると椅子《いす》が丸く並ぶ
待っている人たちには見覚えがある

微笑んで拍手してくれる人
苦々しい表情を浮かべる人
腰をずらして席を空ける人

みんな盛んに話している
怒鳴ったり笑ったり頷《うなず》いたり
何を話しているのか

何を話すべきなのかわからない
逃げ出したい　胸が苦しい
みんなが笑っている

老いの時

刻刻刻
時は流れ
時代は変わる
変わらぬは生
人生の柵《しがらみ》
喜怒哀楽の儚《はかな》い抵抗
共棲寄生半同棲
強迫強制半脅迫

刻刻刻
時は流れ
時代は変わる
変わらぬは変化
万物の流転
森羅万象の存在の法則

観念に酔って溺れ
覚醒後の空疎のなかに
とつぜん襲い来る現実

刻刻刻
時は流れ
時代は変わる
変わらぬは死
彼方に潜む闇と光明
存在を突破できぬ現実
反日常に揺らぐ日常
肯定と否定にたじろぐ自我
不動の現実の流動

刻刻刻
時は流れ
時代は変わる
止《ストップ》まれの号令を待ちながら

老いの幸福

幸福とは何だろう
女王陛下の膝に抱かれた猫と
ホームレス閣下の後ろに従う犬と
より幸福なのはどちらなのか

そんなことはどうでもいい
哲学する必要はない
心の持ち方でどちらも感じる
運命を受け入れて
穏やかに感謝しながら生きるのに
虚栄心も名誉心もいらない

女王陛下とホームレス閣下と
どちらがより幸福なのだろう
昔から問われている難問に

確固たる答えのあるはずがない
相対主義に惑わされてはいけない
知ることは超越することである

人間には想像力がある
女王陛下に不自由で窮屈な生活が
ホームレス閣下に発見の喜びが
人の不幸を想い心を痛める
小さな生き物に心を和ませる
遠い宇宙に心を飛翔させる

老いの受容

喫茶店のお客さん
コーヒーカップの前で
ただぼんやりしている
話すでもなく聞くでもなく
一時間以上経過している
何を考えているのか
あんなこと　よくできるな

本を読んだり詩を書いたり
出入りする客や窓外の風景を
眺めたり　音楽聴いたり
何かをしていなければ
落ち着かなかった
集中しているわけでもないが
長時間ぼんやりできなかった

今はぼんやりするのが心地よい
時間が素早く飛んでいくが
ぼんやりしていることに
安らぎさえ感じる

頭のなかはとてもゆっくり動く
その頭のなかで感じるのは
時の流れはとても速いということ
外は激しく変化するのに
動くのが億劫《おっくう》で変化に乏しい
心身が少しずつ固くなっている
昨日の世界と今日の世界はほぼ同じ
新たな世界を取り込めない

遠くに見えていた
あのときが　少しずつ近づいている
近づけば近づくほど　速くなる

第三部

外れてみる

だれでも外れることがある
会議の席で話題が紛糾
小用で席を立って一人になると
会議での話題を引きずっている
席に戻ると話題は変わっている
すぐに溶け込んでしまい
引きずった話題は消滅する

仕事が終わって独りになる
好きで始めた仕事でも
終われば出てくる解放感
すぐあとに浮上する
やるべきことの数々
何かをすること　できること
このなかに悦びがある

早朝に起きて外に出る
白みはじめた空を
小鳥たちと共有する
真夏の暑さも真冬の寒さも
超越した占有感
煩雑な人間社会を覆う
大自然の蓋

旅に出てみる
視界に広がる名所旧跡
ほとんど総て映像で知っている
驚異の自然造形や構築物は
何十年も前から変わらぬ景色
人が蠢《うごめ》き　動かぬ名所旧跡
現実はいつも期待を裏切る

それでも人は外れてみる

日常から組織から地域から
心身にへばりついた垢や汚れを
洗い落とすために
こころの洗濯機に飛び込んでいく
すぐに汚れるとわかっているが
垢や汚れに毒されることはない

理論上

数千メートル上空の飛行機は　のろーり
水平線上に浮かぶ船は　じわーり
高速で移動するものが
瞬《まばた》きしてもそこにいる
あいだの距離が長いほど
動きはゆっくり見える

光は瞬きする間に地球を何周もする
その光が一年間に進む距離の
何千万光年か先の星が
動かないように見えるのは当然
本当は猛烈なスピードで
ブラックホールに向かっている

夜空を眺めると天の川

無数の星のなかのひとつが太陽
太陽は鳥取砂丘の砂粒一つほどもない
天の川が細くて長い理由は何か
ブラックホールに吸い込まれているから
重力波に揺られて細く長くなりながら

無知な男の法螺《ほら》話だよ
ほらほら直ぐそういうことを言う
法螺を吹いていると証明できますか
理論上は…とかなんとか
理論は常時変化していますね
理論上は

地球は火の血《マグマ》を吐き出して
地表の空気で冷やしている
人類の援助で気候変動続け
体内を徐々に冷やしている
地球はだんだん冷えていく

人類の沸騰も終焉を迎える

宇宙の涯《はて》とか宇宙の起源とか
人類が絶対に到達できない正解
言葉のない暗黒の空間《ブラックホール》に
太陽は地球と人類を道連れにして
一瞬で吸い込まれる
理論上は

満月

朝刊の配達を終えた青年は
新聞販売店に戻るとちゅう
小さな公園の片隅に停まる
ペダルから片足をはずし
尻をずらして地面につけ
雲のない夜空を見上げる

吐く息が白い厳しい寒さのなか
こころは至福感で膨らんでいる
まん丸の月が煌々と輝いている
まだ夜が明けない眠りの時間に
青年の世界が照らされて広がる
音も動きもなく自分の存在だけ

空気は冷たく　辺りは凍えている
ひりつく耳や肌も　かじかむ手も

青年の強い感動に気圧されている
心は温かく　頭脳は凜として怜悧
宇宙を包含した占有感は何だろう
すべてのものを支配している感覚

父を捨てた母を恨んでいたこと
学費は出せないと泣かれたこと
人でなしと妹に罵倒されたこと
生活費は自分でなんとかすると
無理に笑顔を見せる二人を残し
強い決意で都会に出てきたこと

不安やわだかまりは何もない
太陽の光を満面に浴びた月が
とにかく進めと励ましている
些細な苦労や心配事に
惑わされてはいけない
宇宙はあなたの味方だ

格闘技

「あいつのチャンピオン時代は終わる
おれがボコボコにする
拳でもキックでも
グラウンド（寝技）でも
マジであいつを潰してやる
闘いの準備は万全
体力気力ともに絶好調
ゴキブリのように叩きのめす

「あの大口を黙らせてやる
おれを倒せると思っているのか
身の程を知らない奴だ
おれをイラっとさせてしまった
ガチであいつを病院送りにしてやる
おれがゴキブリならあいつはノミだ

ぴょんぴょん逃げ惑うだけで
おれの血を吸うことはできない

試合前の煽《あお》り合戦
自ら闘志を掻《か》き立てる
ポーズをとってフェイス・オフ
対戦相手を睨みつける
仮面をかぶった宣伝活動に
まんまとのせられて
観客はワクワクドキドキ
どちらが勝つのか強いのか

ゴングが鳴り　グローブを合わせる
間合いを計り　相手を警戒
軽いジャブを出し　牽制する
拳を振り回し　蹴りを入れる
相手のパンチが　ボディに食い込む
痛みが走るが　平気を装う

こちらのパンチが　相手のテンプルに
手応えあったが　倒れない

相手の蹴りが　膝を打つ
ズンと痛みが　躰に走る
痛いと　相手に知らせるな
効いてないよと　首を振る
バックブロー[*1]に　かかと落とし
空振りつづき　疲労が溜まる
ダッキング[*2]に　スェーバック[*3]
ブロッキング[*4]で　パンチを殺す

相手のパンチを躱しつづける
パンチの嵐が止まったときに
思い切り躰をのせて腕を振る
重いフック[*5]を繰り出すと
相手がウィービング[*6]した瞬間
ラッキーパンチがテンプルを捉える

カウンターが決まり相手の意識が飛ぶ
一瞬にして形勢逆転

対戦相手がマットに沈む
立ち上がらせてはいけない
倒れた相手に上からパンチ
レフェリーが止めに入る
勝ちが見えて興奮したか
上の選手は攻撃を続ける
レフェリーが身を挺して止める
必須の役目が遂行される

勝者が敗者の前に膝をつく
敗者が手を挙げて迎え入れる
互いに労りとリスペクト
腫れあがった顔と
血潮の飛び散った躰が
ハグして健闘をたたえ合う

試合前のあのことばは
はるか遠くに消えている

＊1　手の甲側から逆向きにパンチを出すこと
＊2　上体を前に屈めてパンチを躱す技術
＊3　上体を後ろに反らしてパンチを躱す
＊4　ブロックをつくるという意味で、頭部を中心に防御する
＊5　横から腕を振って放つパンチ
＊6　上体を上下左右に揺らすこと

漂流物

ゆらーり　ゆらーり
波の上に漂う

びゅーん　びゅーん
風に晒される

ぎらーり　ぎらーり
太陽に照りつけられる

ばちーん　ばちーん
雨に叩かれる

じわーり　じわーり
組織が破壊される

ぷちーん　ぷちーん
分離を繰り返す

じょりーん　じょりーん
細分化がつづく

ぴちゃーん　ぴちゃーん
海水濃度に達する

ふーらら　ふーらら
海底に沈んでいく

花火大会

団扇がユラユラ
浴衣がサワサワ

ドンと鳴って　パッ
こちらに向かって　ホワッ

ワッと咲いて　チラチラ
ドッと広がり　モコモコ

ピカッと光って　ザワザワ
ヒューッと散って　ヒラヒラ

シュワッと跳ねて　フラフラ
クルクル回って　キラキラ

モワッと開いて　シャラシャラ
プチプチ撥ねて　チカッチカッ

ドンドン　ピカピカ
　パラパラ　ホロホロ
ザワザワ　ギラギラ
　バンバン　プシプシ
シュウシュウ　サラーリ
　ボンボン　ブラーリ

みんなの顎がクイッと傾き
オーッとかスゴイとかキレイとか

限界

人は危険を顧みず限界に挑戦する
前人未到の領域に踏み込むことは
死の恐怖に打ち克つことでもある

滑落の恐怖と夢を連れて垂直の岩肌を登る
重圧と息苦しさに耐えて暗黒の深海に潜る
孤独と単調な生活に臆さない太平洋の航海
疲労や睡魔と闘いながら海峡を泳いで渡る
熱波と乾燥、夜の寒冷を超えて砂漠の横断
凍死や凍傷の危険を抱いて北極点を目指す

ふつうにできることではない
目的達成のためには
周到な計画と綿密な調査
膨大な費用と時間

周囲の人たちの協力
企業とのコラボ

未到の限界点に達したとき
大きなニュースになり
到達者は英雄になる
以後の生活は保障され
協力した企業は宣伝効果を上げる
そこには新たな発見がある

とてつもない忍耐力
平凡な日常の先を見据えた
抜群の発想力と行動力
新たな快挙はみんなが祝福
ひとつの歴史が刻まれる
その前に数多くの失敗と協力が

デジタルとアナログ

時計が１１１１とか５５５とか
数字がそろった時刻を見た瞬間
なんだか心は幸せ気分
時は点
過去は見ない　今が最高
何ごともきちんとするが
短気と几帳面が同居
○か×かで△はない
白か黒かで灰色はない
論理的にＯＮとＯＦＦ
正確性を求め失敗を許さない
この世はスピード勝負

長針が重なったとき
長短の針が重なったとき
ちょっと心がおどる
時は線
過去を見る　未来へ繋《つな》ぐ
何ごとも雑で緩いが
要点はしっかり摑む
○か×か断定できない
白も黒も灰色もある
論理的に正反合
完全な盾と矛を認めない
この世は決断と実行

第四部

まるまる心

遊び心

ゆとりとか余裕とかいう　緩い思いと穏やかな態度
　芯を揺する微妙な間合い　核心に近からず遠からず
きつく縛ってはいけない　身動きできない拘束不可
　目的もなく外出したけど　気分転換にはなったかな

魚　心

心配には及ばない一万円　わたしの心は透明なのだ
　金で測るものではないが　感謝の気持ちを伝えたい
薄汚れた年寄りに冷たい　社会の風潮に流されずに
　老人に親切にしてくれた　大した額ではない水心だ

詩《うた》　心

ときどき感じるいい気持　眼が捉え脳に伝達すると
　ことばで表現したくなる　リアルを伝えるためには
比喩を駆使して表現する　易しく解りやすく丁寧に
　伝える気持ちあるならば　無駄な修飾不要のはずだ

絵　心

描いてみる美しいかたち　描き続けると思いが形に
　見た目単純なこの絵には　複雑な想いが刻まれてる
長時間かけた大きな絵に　単純素朴な真理が浮かぶ
　一色の濃淡で立体を表現　その奥行きはとても深い

老い心

ちがうだろそうじゃない　とは思うが発言はしない
　頭の回転とキレがわるく　反応も鈍いから自ら引退
遠い過去の友だち求めて　オレとオマエに心安らぐ
　話題は大体決まっている　共通の友の動向病気自慢

幼　心

無邪気で透明でわがまま　何色にも染められるとき
　涙でものごと解決すると　すぐにわらって走りだす
パパママ仲良し当たり前　そうではないと心が迷走
　大人になってママと結婚　パパは外でがんばってね

乙女心

先生かっこいいから好き　目が合ったらキュンだよ
　いやだあホント可笑しい　一緒にわらうからいいの
歌手か俳優かタレントか　あたしの好みがいちばん
　男子生徒はイメージ無理　みんな　まだお子ちゃま

鬼　心

ぜったいに許しませんよ　片づけずに遊びに行くの
　ぜったいはぜったいなの　片づいてないやりなおし
いじめてるつもりはない　あなた自身のためなのよ
　ほらきれいになったわね　思いっきり遊んでおいで

気　心

昔からの知り合いだから　彼のこと何でも知ってる
　逆にこちらも知られてる　だから隠す必要もないと
ずけずけ本音を喋ってる　タテ社会といわれるなか
　友情で理性を高めるのか　友情の坩堝《るつぼ》で罪を消すか

里　心

育った環境が良すぎたか　自然が豊かで家庭は円満
　それでも不便だったはず　単調でうんざりする生活
豊かな自然に娯楽はない　それでも故郷に戻りたい
　都会の迷彩色に染まる前　間断ない騒音に慣れる前

下　心

ほとんどの行為に伴う影　うしろめたく思うことも
　怠りなく準備をしてても　ときどき自然に消滅する
すみません今何時ですか　ありがとうございました
　何とか話すことができた　路上の一目惚れは白日夢

旅　心

日常から離れているとき　解放感と不安感が同時に
　この生活から離れたいと　ときどき心は旅に出るが
時間と金のこと考えると　すぐにブーメランになる
　やっと実現した旅の空は　いつもの空と変わらない

出来心

たまたま近くにあった物　手に取ってみて気に入る
　店用の買い物かごは遠い　わざわざ戻るのは面倒だ
見ている人は誰もいない　摑んだ物をバッグにポイ
　レジ前通過で外に出るが　防犯カメラは確《しっか》り見てた

手　心

強く責めてはいけないよ　故意に壊したはずがない
　まだまだ子どもなんだよ　どうしてそんなに叱るの
いいかい　投げるよ　構えて　空に弧を描くボール
　あの子は普段からまじめ　不合格では社会が損する

僻み心

どうしてあの娘《こ》だけなの　ちょっと美人だからって
　業務上はあたしたちが上　でも抗議できないのよね
兄ちゃんのほうが大きい　ばかかお前のほうが多い
　ねえ　ぜんぶ交換してよ　いいよ　ぜんぶ交換する

船　心

縦波に揺れ横波に震えて　思い定まらぬ自分の行方
　視界三百六十度は水平線　単調すぎる現実に酔払う
向かう方向は人知れずで　小さな世界に籠り続ける
　ふらふらする思考の中に　太陽と大洋が重なり合う

仏　心

遠大で広く深くて涯《はて》ない　顔は三度までだが心無限
　自分が傷を負っても許す　悪いことする人許さない
許さないのも仏のこころ　未熟で犯した罪の重さに
　気づき深く反省している　それがわかれば扉を開く

真　心

この指輪は手づくりです　針金を丸めて作りました
　貴女《あなた》に受け取ってほしい　思いを込めて作りました
費用はかかっていません　ぼくの気持ちは指輪以上
　貴女名義の預金通帳です　指輪代金分の百万円です

物　心

パパとママが世界で一番　でもあの子の親も同じか
　話に想像が混入してくる　思い違いもたくさんある
将来は光り輝いているが　自分とおなじ人間がいる
　あのおばさんゴミ捨てた　あのおじさん信号無視だ

安　心

後ろの車が煽《あお》り運転して　並走してから怒鳴るのよ
　もっとスピード出せって　こら聞いとんのかだって
寝てたあなたが顔出すと　ヤベッてスピード上げて
　スーッと逃げちゃったの　あなたの厳《いか》つい顔が素敵

異　心

貴方と私は人として同じ　考え方や生き方はちがう
　私にあまり求めないでよ　同じ趣味押しつけないで
君の言うことよくわかる　部屋でゲームでもするか
　ひとりになると落ち着く　煩《うるさ》い雑音がなくなるから

一　心

他のことは何も考えない　目の前の仕事のことだけ
　五感をシャットアウトし　想像の輪を大きく広げる
視界を開いて飛び込むと　見えたひとつに集中する
　深くふかくもぐり込むと　摑んだものを引き上げる

円　心

くるくる回る世界の中心　動かず佇んでいるのは人
　見えてくる別の景色とは　大きさと広さと複雑さと
ぐつぐつ煮えてる鍋の中　自分の姿が見えてこない
　まず自分から回ってみる　鍋からすぐに飛び出そう

会　心

これが最高と思える作品　一度も作ったことがない
　毎日が常に進行中なので　未だにてっぺんは見えず
いつもそう言っているね　心の持ち方しだいだろう
　今がてっぺんと思うこと　君は最高の作品創ってる

回　心

回教・キリスト教・仏教　ぜんぶ信じてもよいはず
　人間に教えを説くことは　どの宗教も同じだからね
みんな平和を願っている　どうして戦うのだろうか
　信じられるのはどの宗教　すべて信じるしかないよ

改　心

本や雑誌は読まなかった　友人と話したり遊んだり
　ワイワイやるのを好んだ　ときどきむかついたのは
友だちの輪に入らない奴　そいつらをいじめたんだ
　このごろ分かったことは　見てる世界が小さすぎた

戒　心

努々《ゆめゆめ》怠ってはいけないよ　災害は確実にやってくる
　確《しっか》り準備しておきたいが　継続するのがたいへんだ
非常用の水や食べ物など　時間の経過でわるくなる
　その前に入れ替えるのを　楽しみの一つにすること

関　心

人間だから気にはなるよ　多くの欲が渦巻いてるが
　生存に必要ないものある　それらをバッサリ捨てる
世間の流行にのせられず　一点の物事に集中すると
　他の景色が見えなくなる　隧道《トンネル》から出口を見る如《ごと》く

感　心

幼児が一人でお使いする　近くに目立たぬ大人の眼
　新しい風景に心がおどる　目的忘れて寄り道するが
優しいおじさんおばさん　いつもうまく修正してる
　独りで買ってきたんだよ　やったねすごいね賢いね

侠　心

いじめてるやつを見ると　黙っちゃいられぬ性分だ
やめろやめろと注意する　誰だおまえは割り込むな
喧嘩の相手が入れ替わる　二人の言い分尤《もっと》もらしい
子分同士じゃ埒《らち》があかず　両者の親分登場で手打ち

慧《けい》　心

今でもきらいではないの　わたしにはやさしいのよ
教養があって背も高くて　でも会うと見えてくるの
正義感が強いようでもね　他の考え方を認めないの
自分の意見は常に正しい　人の批判ばかりしてるの

重　心

大黒柱はふつう動かない　人間はいっしょに動いて
いつも中心に位置してる　確固とした重さと求心力
釣り合い取れて安定して　自然に調和をつくり出す
バランス感覚が心地よい　そよ風に揺られる心模様

童　心

邪気が皆無とはいかない　無知が障壁になっている
　壁は少しずつ崩れていく　清濁の洪水が押し寄せる
心は汚水に満たされるが　強固な壁の再建を始める
　せっせと汚水をはき出す　大人が帰っていくところ

同　心

みんなお前と言っている　おとなしくお縄になりな
　現場にいたのはお前だろ　それは証拠にならないと
そうか奴ら現場にいたか　集団暴行の発覚恐れたか
奴らの口裏合わせなのか　お奉行さまに捜査頼もう

得　心

面白くないから放置する　その結果は無関心無責任
　選択肢は山ほどあるのに　まだ決まらないのか君ら
けっきょく最後は多数決　決めてしまえば動き出す
　動き出せばみんな慣れる　お願いだから止めないで

内　心

君の真意は見えてこない　何思ってるか見当はつく
　君の脳内に必ず実存する　それって本能的なものだ
だから聞く必要もないね　本能を抑え込むのが人間
　みんな同じと思えば納得　人間から欲は消せないよ

腹　心

すべてが自分のせいとか　自腹を切るなどと言うな
　責任を取るのは私なのだ　だれでも失敗はするもの
傾いてても沈みはしない　だいじょうぶ資金はある
　きみの協力でまた伸びる　その時はきみが社長だよ

腐　心

あれやこれや考えてみる　まず失敗しないことだが
　何もしないのと同じこと　失敗を恐れてはいけない
いろんな可能性と危険性　必要な経験と知識と想像
　敢えて失敗してみるのも　人生の戦場で重要な作戦

放　心

何でぼんやりしてるのよ　少しは体を動かしなさい
　待ってても何も来ないよ　来るのは不安だけになる
めんどくさいというのは　やりたくないってことよ
　生きてることが勿体《もったい》ない　身体と頭を動かさないと

慢　心

だいじょうぶ合格するよ　ちゃんと努力してるから
　ばっちり調査も済んでる　対策やったし準備は万全
合格するに決まっている　落ちるはずがないと思う
　現実の扉は堅く開かない　自分に甘かったってこと

初出一覧

パンデミック流行語最多賞候補	詩誌「地下水」二三八号
健康法	同右　二三七号
希望のふうせん	同右　二三五号
凪	同右　二三九号
エキストラ	同右　二四一号
動揺	同右　二四〇号
おーい　老い	同右　二四四号
老いの図書館	横浜詩誌交流会ポエムサロン２０１８年
老いの青春	詩誌「地下水」二四〇号
老いの夢	同右　二四三号（原題「夢に迷う」）
老いの時	同右　二三六号（原題「時の号令」）
外れてみる	「詩と思想」二〇二〇年十月号
理論上	「詩と思想」二〇二一年　四月号
満月	「横浜詩誌交流会会報」七八号
格闘技	個人詩誌「ターニングポイント」創刊号
漂流物	同右
花火大会	「ポエム横浜21」（詩誌交流会アンソロジー）
限界	詩誌「地下水」二四五号
デジタルとアナログ	『横浜詩人会詩集２０２１』

＊その他は未発表

著者略歴

鎮西貴信（ちんぜい・たかのぶ）

1945年　満州の新京生

横浜詩好会「地下水」同人
横浜詩人会、日本現代詩人会、日本詩人クラブ　会員

詩集
『地下街出入口を眺望する喫茶店にて』（1978年　書肆山田）
『青春慚愧』（1980年　沖積舎）
『国際大マラソン会』（2014年　文芸社）
『いろいろ愁』（2017年　土曜美術社出版販売）
『さまざま想』（2018年　土曜美術社出版販売）
『それぞれ願』（2020年　土曜美術社出版販売）

現住所　〒238-0101
　　　　神奈川県三浦市南下浦町上宮田1528-92　北條方

詩集　おーい　老《お》い

発　行　二〇二三年六月十日

著　者　鎮西貴信
装　丁　直井和夫
発行者　高木祐子
発行所　土曜美術社出版販売
〒162-0813　東京都新宿区東五軒町三―一〇
電　話　〇三―五二二九―〇七三〇
FAX　〇三―五二二九―〇七三二
振　替　〇〇一六〇―九―七五六九〇九
印刷・製本　モリモト印刷
ISBN978-4-8120-2755-4　C0092